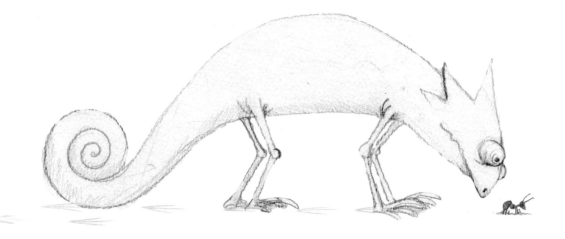

Para mi mamá
y su camaleón

Texto e ilustraciones: Emily Gravett

EL CAMALEÓN AZUL

1.ª edición: marzo de 2017. Título original: Blue Chameleon. Traducción: Verónica Taranilla. Maquetación: Montse Martín. © 2010, Macmillan Children's Books an imprint of Pan MacMillan, una división de Macmillan Pub. Int. Ltd. (Reservados todos los derechos). © 2017, Ediciones Obelisco, S. L.

www.picarona.net

ISBN: 978-84-9145-129-7
Depósito Legal: B-25.581-2017

Edita: Picarona, Ediciones Obelisco, S. L.
08191 Rubí - Barcelona
E-mail: picarona@picarona.net

Printed in China

El camaleón azul

Emily Gravett

 Picarona

Camaleón azul

Amarillo

plátano

Rosa

cacatúa

Enrollado

caracol

Marrón

bota

Rayado

¿Puedo colgarme contigo?

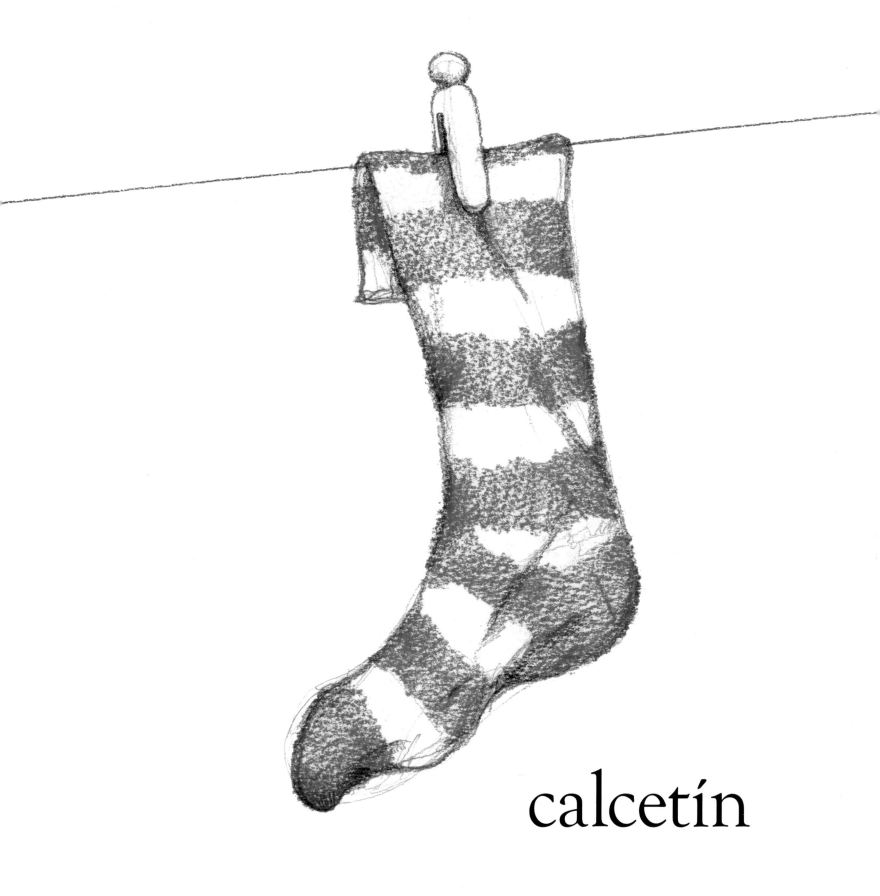

calcetín

Con lunares

balón

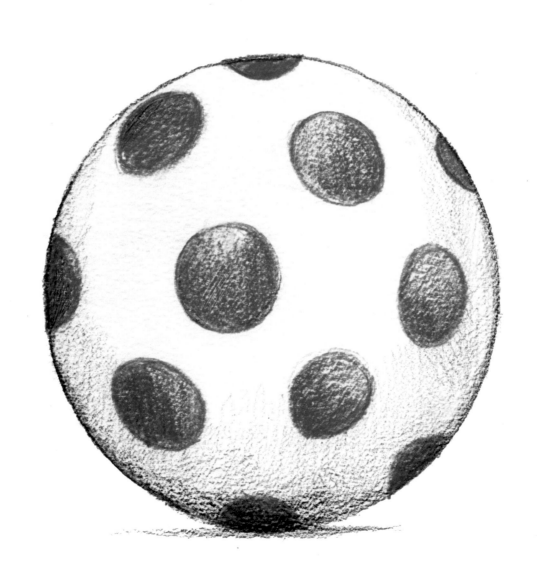

Dorado

pez

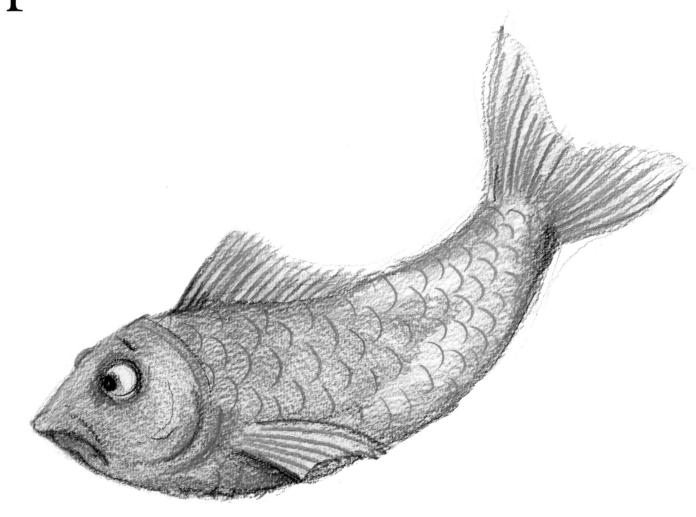

Saltamontes
verde

Gris

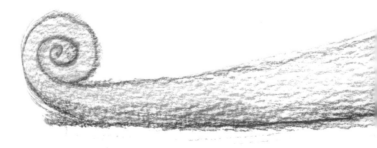

roca

Blanco

página

Multicolor

¡camaleones!